ふりかけの神《かみ》さま

令丈 ヒロ子・さく　わたなべ あや・え

「さら、早《はや》く　ごはん　たべちゃわないと、ちこくするわよ！」

また、ママに　おこられた。

さらは、うん……と　うつむいた。

目《め》の　まえに　あるのは、とっくに　さめた　わかめの　おみそしる。おつゆが　どろっとして、気《き》もちが　わるい。

さかなの　きりみを　やいたのは、もっといやだ。おきて　すぐに、さかななんて　とんでもない！

たまごやきは　ちょっと　ましだけれど、

中《なか》が
やわらかくて、
生《なま》みたいだから、
これも　パス。
なんにも
たべられる　ものが
ないのだ。

でも、おなかは　すいている。
ママが　よそを　見《み》ている　すきに、さら
は　しょっきだなを　あけた。
とり出《だ》したのは、いつもの　きいろい　ふくろ。
『にこにこ・のりたまごふりかけ』。
これさえ　あれば、だいじょうぶ。

にこにこ
のりたまご
ふりかけ

さらは、ごはんに
ふりかけを
たっぷり　かけた。
ぷーんと　こうばしい、
いつもの　のりと
かつおの　かおり。
（うん、おいしい！）

ゆううつな
気《き》もちが
ふきとんで、
ごきげんで
ごはんを
たべた。

「さら！　また、ふりかけ　出《だ》してる！」

ママが　大《おお》きな　こえで、いった。

「ふりかけだけだと、えいようが　かたよって

からだに　よくないって　いってるでしょ？

どうして　おかずを　たべないの？」

（たまごやきは　中《なか》が　生《なま》みたいだし、さかな

は　くさいし、おつゆは　どろどろなんだも

ん）
　そう　おもったが、それを　いっても、わがままだと　しかられるだけなので、へんじをしなかった。

「もう　きょうから、ふりかけ　きんし！」
さらは、びっくりして　こえが　出《で》なかった。
「おかずを　ちゃんと
たべられるように
なるまで、
ふりかけは
いっさい　だめ！

いいわね！」
こんな　ひどい
はなしって
あるだろうか？
さらは、ふりかけが　大《だい》すきだ。ふりかけ
さえ　あれば、ほかの　おかずなんて　ぜん
ぶ　いらないぐらい　すきだ。それなのに……。

学校《がっこう》が　おわると、
さらは、ますます
いやな
気《き》ぶんに
なった。
とても、
まっすぐ、

かえる　気《き》に
なれない。
ぶらぶらと
あるいて
いると、
赤《あか》い　とりいが
見《み》えた。

こんな　ところに　神社《じんじゃ》が　あったっけ？
さらは　立《た》ちどまった。
そして　ひらめいた。
（そうだ、神《かみ》さまに　おねがいしてみよう）
「神《かみ》さま、どうか　ごはんと　ふりかけばっかり　たべて、一生《いっしょう》　くらせますように！」
そう　いって、手《て》を　あわせた。

すると……。

「ううう……、なんて　ふりかけおもいの　子《こ》どもなんだろう……。　わたしは　かんどうしたよ……」

どこからか、ひくい　こえが　ひびいた。

ほこらの　とびらが　さあっと　ひらいて、
きいろくて　まんまるの　かおが　あらわれた。

さらは　目《め》を　まるくした。
まんまるあたまは
まん月《げつ》のよう。
くろと　ちゃいろと
きいろが　入《い》りまじった、
ふりかけふうの
マントを　つけている。

「わたしは
ふりかけの
神《かみ》さまです」
ゴマのように
くろくて　小《ちい》さな
目《め》で、神《かみ》さまは
さらを　じっと　見《み》た。

「あなたの、ふりかけを　あいする　気《き》もちは
よく　わかりました。ねがいを　かなえて
あげましょう。一生《いっしょう》　なくならない、とくせ
いの　神《かみ》さまふりかけです。とても　おいし
いですよ」

神《かみ》さまは、
小《ちい》さな
金《きん》いろの
四《し》かくい
ふくろを
くれた。

にこにこ
のりたまご
ふりかけ

「一生《いっしょう》　なくならないんですか？」

「そうですよ。ただし、あなたが、どんな　ときでも、ふりかけが　このよで　いちばん　おいしいと　おもっていなくては、いけませんがね」

「そんなの　かんたんです。だって、ふりかけが　このよで　いちばん　おいしいんだもの！」

さらが
こたえると、
神《かみ》さまは
にこにこっと
わらった。

「それは　たのもしい。そう　いいながら、気《き》もちが　かわってしまう　子《こ》が　おおいんですけどね」

「ぜったい、だいじょうぶですから！」

神《かみ》さまは　うなずいて、すうっと　きえた。

さらは、大《おお》いそぎで　いえに　かえった。
ママは　かいものに　いっていて、るすだった。
キッチンに　とびこんで、
ジャーを
あけてみると、
ごはんは
たきたてだった。

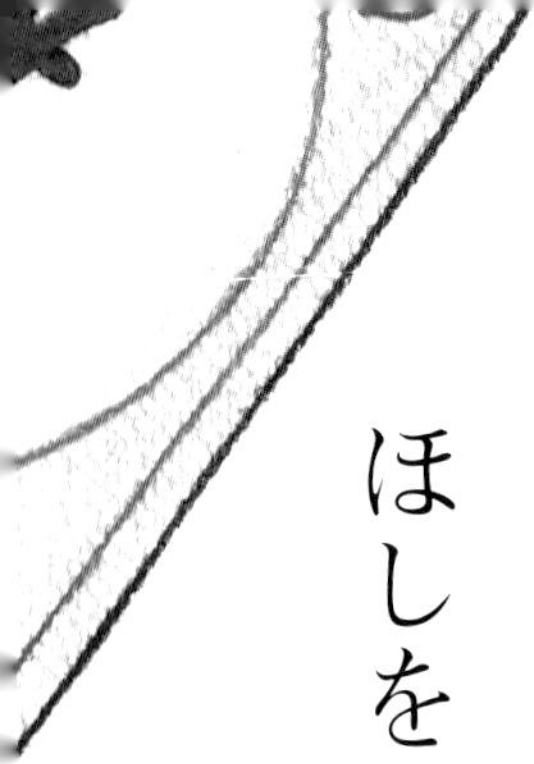

さらは、ランドセルを　なげすてて、おちゃわん　いっぱいに、ごはんを　よそった。
神《かみ》さまふりかけを、ごはんに　ふりかけた。
ふりかけが、きらきらっと　ごはんの　上《うえ》で　かがやいた。
ほしを　くだいたように　きれいだ。

ひと口《くち》　たべてみた。

そして、
うわっと
とびあがった。

ものすごく
おいしいのだ！

こうばしくて、ふんわりと　あまくて、ときどき　ぴりっと　くる。

かりかりっと　はごたえが　あるんだけれど、するっと　ゆきのように　とける。

いままで　あじわった　ことが　ない、ふしぎで　すてきで、もう、とんでもなく　おいしい　あじなのだ。

「さ、さすが
神《かみ》さまふりかけ！
人間《にんげん》の
ふりかけなんて、
くらべものに
ならないよ！」

さらは
あっというまに、
おちゃわんを
からに　した。
すぐに、
おかわりを　する。

一生《いっしょう》
なくならない
ふりかけだから、
おもいきり
たくさん
かける。
でも、あきない。

おなかが　いっぱいに　なっても、やめられない。いつまでも　あじわい　つづけたい。

気《き》が ついたら、ジャーの 中《なか》の ごはん
を ぜんぶ、たいらげてしまった。

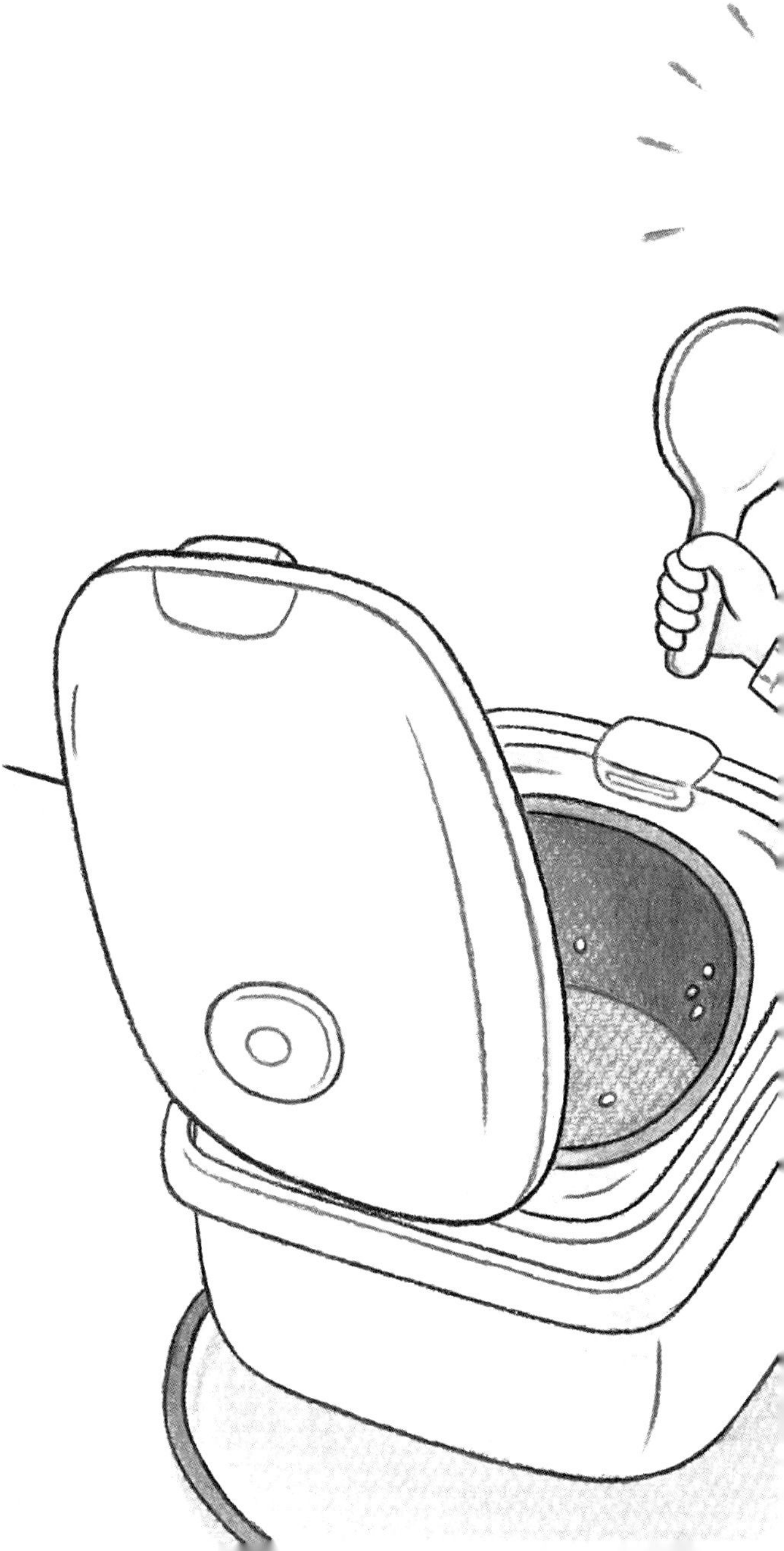

「さら！　なに　やってるの！」
ママの　さけびごえが
きこえた。
さらは　あわてて
神《かみ》さまふりかけの
ふくろを　ランドセルに
おしこんだ。

ニコニコスーパー

「ごはん、ぜんぶ　たべちゃったの？」
なんて　こたえようかと　おもった　とき、
ずきん！　おなかに　いたみが　はしった。
「おなか、いたいよ……」
「さら！　さら！　どうしたの？」
ママの　こえが　すうっと　とおのき、目《め》
の　まえが　まっくらに　なった。

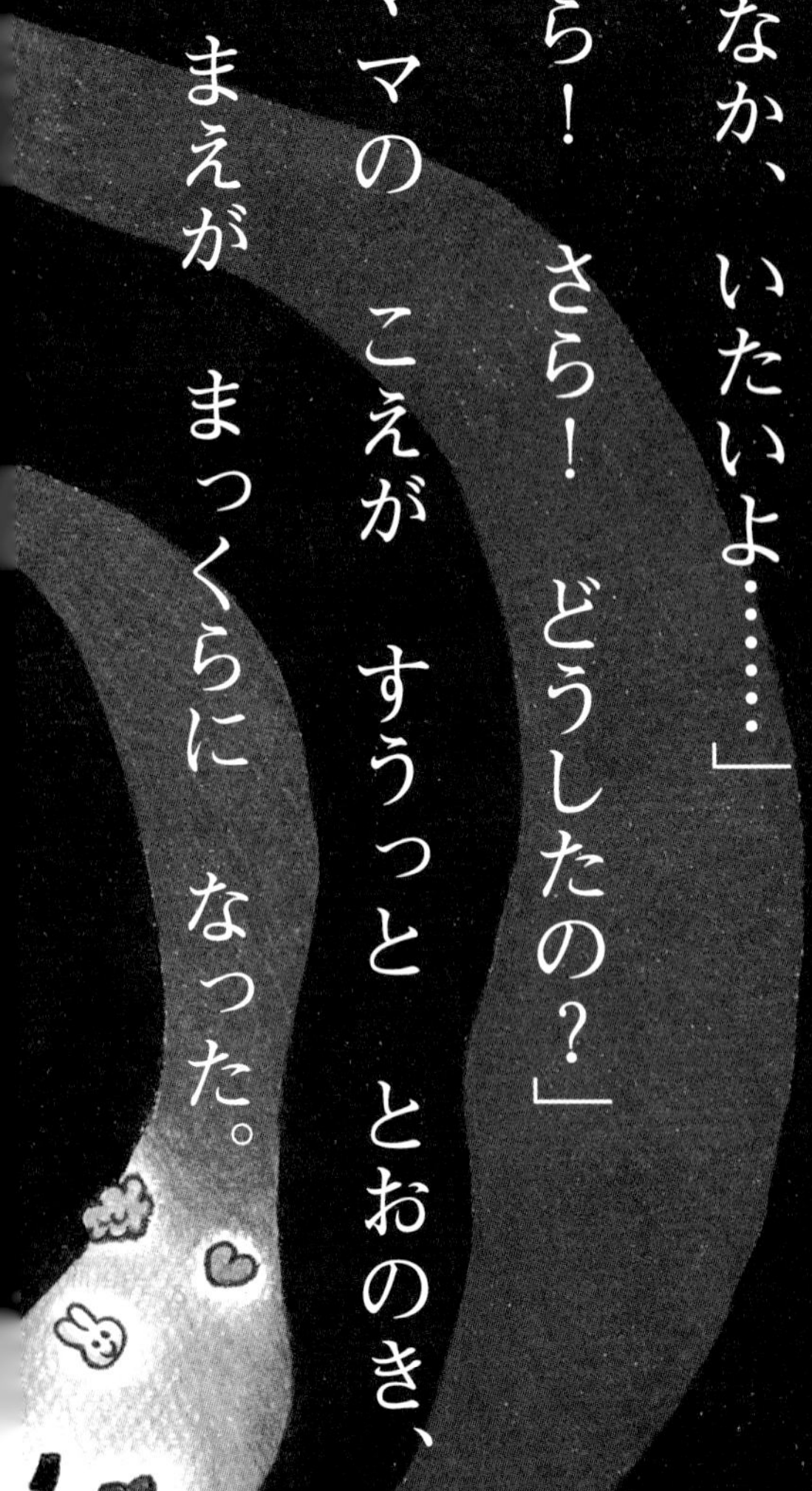

神さま
ふりかけ

目《め》が
さめた　とき、
さらは　ベッドの
中《なか》に　いた。
まどの　そとは
あかるい。

「さら、まだ
おなか　いたい？」
ママが　さらの
かおを
のぞきこんだ。
さらは　くびを
よこに　ふった。

「よかった。ちゅうしゃが　きいたのね。あなたが　ねている　あいだに、おいしゃさんにきていただいたのよ。
なにか　たべる？　まる一日《いちにち》　ねてて、おなか　すいたんじゃない？」

「……うん」
さらは
うなずいた。

「おいしい　ものを　もってきて
あげたわよ」
ママが　にこっと
わらって、おわんを
さし出《だ》した。中《なか》には、
まっ白《しろ》な　おかゆが
入《はい》っていた。

「……おかゆ？」
さらは　かおを
しかめた。
おかゆなんて
あじが　なくて、
どろどろしたもの、
たべられない。

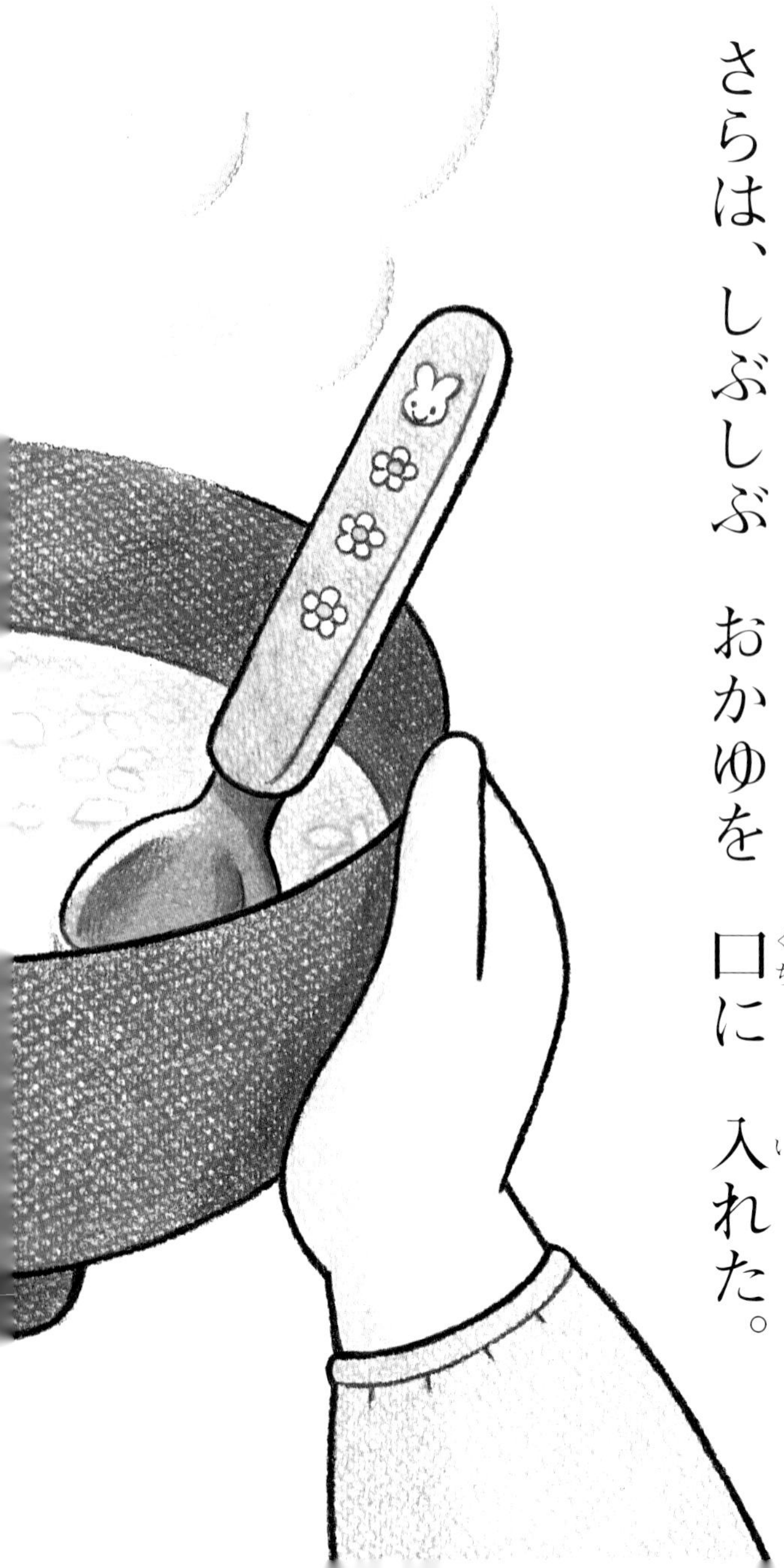

「おばあちゃんから　おそわった、とくせいの
おかゆだから、とくべつ　おいしいわよ」
さらは、しぶしぶ　おかゆを　口《くち》に　入《い》れた。

「？」

さらは　くびを　かしげた。ほんのり　あまい。

それに、さくさくしている。

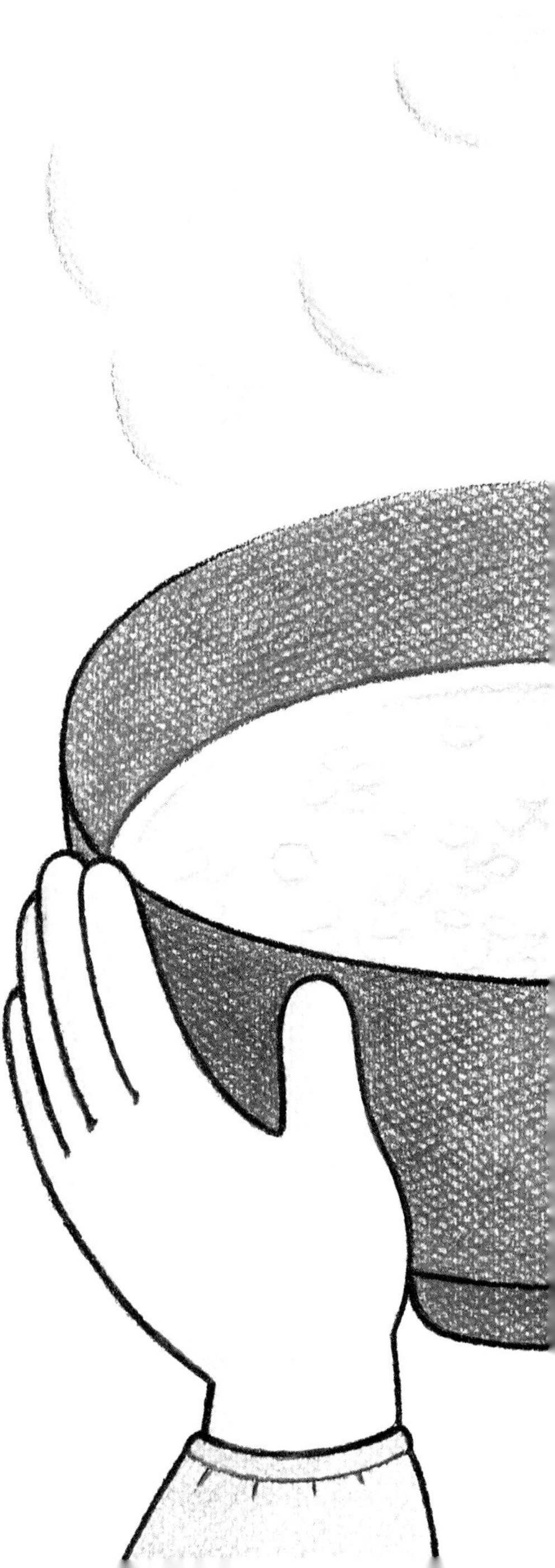

「やまいもが　入《はい》っているのよ。それに　そこのほうに、おもちが　ちょっと　入《はい》ってるの」

そのおかゆは、からだに　じんと　しみるようだった。はじめて　たべる　あじなのに、どこか　なつかしくて　やさしい。さらは、おかゆを　すいこむように、ぜんぶ　たべてしまった。

気《き》が　ついたら、
おなかは
ほっこりと
あたたかく
ふくれ、
気《き》ぶんも　よく
なっていた。

「ママが　子《こ》どもの　とき、びょう気《き》に　なると、おばあちゃんが　これを　つくってくれたの。おばあちゃんも　やっぱり、子《こ》どものころ、びょう気《き》に　なると、おばあちゃんのおかあさんが　つくってくれたんだって。ね、おいしいでしょう？」

さらは、うん、と　うなずいた。

「……おいしかった」

（いままで　たべた　ものの　中《なか》で　いちばん）

「じゃ、おかわりするわね？」

「うん」

　ママが　へやを　出《で》てから、さらは　はっと　した。いそいで　ランドセルの　中《なか》から、ふりかけを　とり出《だ》し、ふってみた。

でも、いくら
ふっても、
ふりかけは
もう　二《に》どと
出《で》てこなかった。

（……きのうまで
このよで
いちばん
おいしいと
おもってた
ふりかけなのに……）

ふりかけの神《かみ》さまと、
あんなに
やくそく
したのに……。
(ふりかけの神《かみ》さま、
ごめんなさい……)

さらが　しょんぼりしていると、ふりかけの　ふくろの　中《なか》から、小《ちい》さな　こえが　した。
「ふりかけは、おかあさんの　おかゆの　つぎに　おいしいと　おもうかい？」

ふくろから、
きいろくて
まるい
神《かみ》さまの　かおが
はんぶん
出《で》ていて、
さらを　見《み》ていた。

「……そう、おもいます」
「じゃあ、もう、それで　いいや」

ふりかけの神《かみ》さまは、そういうと、ぱっと
ふくろごと、手《て》の　中《なか》から　きえてしまった。

令丈 ヒロ子（れいじょう　ひろこ）
1964年、大阪府生まれ。嵯峨美術短期大学（現・京都嵯峨芸術大学）卒業。講談社児童文学新人賞に応募した作品で注目され、作家デビュー。幼年童話からヤングアダルトまで、独特のユーモア感覚で幅広い読者に向けた作品を手がける。作品に「若おかみは小学生！」シリーズ、『ミルカちゃんと　はちみつおためしかい』（講談社）、「レンアイ@委員」シリーズ（理論社）、「おなやみかいけつクッキング」シリーズ（あかね書房）シリーズ、『六本そでのセーター』（小峰書店）ほか多数。

わたなべ あや
1978年生まれ。武蔵野美術短期大学卒業。在学中より絵本を作り、卒業後は、西武コミュニティー・カレッジ絵本創作ワークショップで学ぶ。絵本に『なっとうぼうや』『うめぼしくん』（学習研究社）がある。さし絵は、今作品がはじめてとなる。

おはなしドロップシリーズ
ふりかけの神さま

2006年５月30日　第1刷発行
2020年12月30日　第9刷発行

作　令丈 ヒロ子
絵　わたなべ あや
発行者　水野 博文
発行所　株式会社 佼成出版社
〒166-8535 東京都杉並区和田2-7-1
電話（販売）03-5385-2323
（編集）03-5385-2324
Kosei shuppan
URL http://www.kosei-shuppan.co.jp/
印刷所　株式会社 精興社
製本所　株式会社 若林製本工場
装　丁　芝山雅彦（スパイス）

ISBN978-4-333-02210-6 C8393 NDC913/64p/20cm
落丁本、乱丁本は送料小社負担でお取り替え致します。
ご面倒でも小社宛にお送りください。

※本書は『小学二年生』（2005年５月号）（小学館刊）に掲載された作品を加筆・修正したものです。